O PRIMEIRO STAND-UP

DIOGO PORTUGAL

O PRIMEIRO STAND-UP

DIOGO PORTUGAL

DVS EDITORA
São Paulo, 2025
www.dvseditora.com.br

O PRIMEIRO STAND-UP

Edição de texto: Zé Luiz Martins
Capa: Paulo Graton
Diagramação: Márcio Schalinski | LC Design & Editorial
Revisão: Fernando Botto Lamóglia

Dados Internacionais de Catalogação na Publicação (CIP)
(Câmara Brasileira do Livro, SP, Brasil)

Portugal, Diogo
O primeiro stand-up / Diogo Portugal. -- São Paulo : DVS Editora, 2025.

ISBN 978-65-5695-144-7

1. Comédia brasileira 2. Humorismo brasileiro I. Título.

25-252072 CDD-B869.7

Índices para catálogo sistemático:

1. Humorismo : Literatura brasileira B869.7

Eliane de Freitas Leite - Bibliotecária - CRB 8/8415

Nota: Muito cuidado e técnica foram empregados na edição deste livro. No entanto, não estamos livres de pequenos erros de digitação, problemas na impressão ou de uma dúvida conceitual. Para qualquer uma dessas hipóteses solicitamos a comunicação ao nosso serviço de atendimento através do e-mail: atendimento@dvseditora.com.br. Só assim poderemos ajudar a esclarecer suas dúvidas.

Aos meus amigos, que sempre foram

minhas cobaias e aos meus inimigos, que

me deram material pra muita piada.

Se você se reconhecer em alguma história

aqui, não foi coincidência.

Com todo respeito (ou quase),

Diogo Portugal

INTRODUÇÃO

"Quem aqui já assistiu a um show de stand-up?" Esta é a primeira pergunta que todo comediante de stand-up faz para a plateia antes começar o show.

Se você comprou este livro, certamente sabe o que é stand-up comedy! Ou você agora está pensando: "Pera aí... comedy? Achei que era stand-up paddle!" Lamento informar, mas se ferrou, pois não devolveremos seu dinheiro.

A diferença entre o stand-up paddle e stand-up comedy é que um se pratica na água e outro no palco — se bem que às vezes algumas piadas de stand-up acabam em água! "Água" é o termo usado quando uma piada não funciona: ninguém riu... deu água!

Eu fui um dos primeiros a fazer stand-up no Brasil; na época o gênero era muito comum nos Estados Unidos. Eu já fazia shows de humor, com personagens, esquetes e piadas de começo meio e fim, a exemplo daquelas do Joãozinho. Mas quando via referências de stand-up, pensava: Por que ninguém faz isso no Brasil? Este humor que o comediante está lá no palco, de cara limpa, falando sobre observações!

Então, eu fui um dos caras que capinou o mato neste estilo de comédia. Na época, tão difícil quanto acertar uma piada era explicar para todo mundo o que é stand-up. Mas ser um dos pioneiros desse estilo no Brasil foi muito legal. Eu me lembro das risadas que arranquei da plateia e dos aplausos, mas também não me esqueço das primeiras vaias e das primeiras águas! Descobri da pior forma que, muitas vezes, na intenção de tirar o melhor de uma piada, eu tirava também a própria graça dela.

Este livro é um apanhado dos meus primeiros textos de stand-up comedy.

STAND-UP

Eu comecei no stand-up fazendo show em Curitiba. Acho que eu fui a pessoa mais desincentivada a fazer comédia. Todo mundo falava que ninguém ia rir das minhas piadas... E essas pessoas tinham razão!

Foi complicado chegar para o meu pai e falar que eu ia parar de fazer faculdade para fazer teatro. Ele não falou, mas pensou: *Ihhh... vai dar o cu.*

E ele também tinha razão.

Começar no stand-up nunca foi fácil para ninguém. Uma vez eu entrei e não tinha ninguém na plateia. Ninguém. A única pessoa que eu vi foi o meu próprio reflexo em um espelho. E indo embora. Eu falei: *Eita... até você?*

Eu já fiz stand-up em muito lugar diferente. Quando eu falo muito lugar diferente, é porque é verdade mesmo: bares, casas noturnas, às vezes até lugares que têm modelos. Aquelas modelos que dormem de dia.

Eu acho que a comédia, principalmente o stand-up, tem a ver com a prostituição. Em um show, eu tenho que tentar entreter e seduzir você. Você ri, se diverte... mas teve que pagar. E, no final, a gente vai embora com a sensação de que nunca mais vai se ver.

Eu já fiz muito show em bar. É um lugar onde as pessoas já estão levemente alcoolizadas. Tudo bem, isso até que é legal. Mas tem um único problema: quando o cara bebeu demais. Sempre isso. Eu nunca esqueço o dia que eu entrei e não falei nada. E um cara lá atrás já gritava:

— Aí, humorista! Tô comendo a tua mãe.

E só deu tempo de eu falar:

— Pai... Já deu.

FAMÍLIA

Geralmente teu pai não acredita no teu trabalho. Você já deve ter passado por isso. Você pode falar qualquer coisa para o teu pai:

— *Pai, vou abrir um negócio.*

Teu pai vai olhar para você e falar:

— *Ehhhhh... não sei, não...*

Porque pai é pai. Ele sabe que o cu dele tá envolvido. Ao contrário das mães, que são fofas. Toda mãe é fofa. A mãe só faz uma única exigência para o filho:

— *Leva um casaco.*

Todo filho tem aquele momento que quer sair de casa. Quando eu contei para a minha mãe que eu estava nesse momento, ao invés de ficar brava, ela me deu força:

— *Boa filho, é o teu momento... Você tá com o quê? 50?*

Minha família é muito ligada à dramaturgia. São todos advogados. Quando eu comecei a fazer stand-up, eu não precisava perguntar para a plateia se tinha algum advogado. Só tinha gente da minha família me assistindo mesmo.

****

De um tempo para cá, qualquer merda que a gente fala, dá processo. Impressionante. E, cá entre nós, advogados não são as melhores pessoas do mundo. Advogado tem fama de que suga seu sangue. É ou não é? Por isso a Ordem dos Advogados se chama OAB, que são os tipos de sangue.

****

Meu pai era advogado, meu tio era advogado, meus irmãos são todos advogados. Uma vez cheguei para os meus pais e falei:

— Vem cá, todo mundo na família é advogado e só eu virei humorista. Eu fui adotado?

— Foi, mas te devolveram.

ESQUECIDO

Apesar de não ter nenhum artista na família, eu não desisti do stand-up. E é por isso que eu estou aqui hoje, registrando textos sobre fatos que nem eu lembro direito como aconteceram. E, se eu não lembro, vocês também não vão lembrar.

Eu sou um cara bem esquecido mesmo. Você se lembra da secretária eletrônica? Pois eu deixava recado para mim mesmo na minha própria secretaria eletrônica. Quando eu chegava em casa, ouvia uma voz que era familiar e acolhedora. Mas era só eu falando.

E, como eu sou esquecido, costumava falar coisas do tipo:

— *Ei, Diogo: reunião com o Jorge hoje às quatro.*

Eu praticamente inventei a Alexa e me esqueci de patentear. Aí veio o Jeff Bezos e roubou minha ideia.

Com o tempo, eu comecei a me familiarizar cada vez mais com aquela voz. Aí eu passei a falar coisas para melhorar meu dia:

— *Diogo, reunião com o Jorge às quatro... se cuida.*

Se a minha autoestima estava baixa, eu gravava:

— *Diogo, reunião com o Jorge às quatro... tá gato, hein?*

Mas como eu sou esquecido, o foda era lembrar: quem é Jorge? Além de esquecido, eu sempre fui distraído. E eu tenho medo que minha filha seja igual. Quando ela estava com uns 8 anos, eu fui chamado no colégio. A professora falou:

— *A sua filha é muito dispersa.*

Eu respondi:

— *Ahn?*

Mas a gente também aprende com as crianças. Outro dia, minha filha veio me contar que aprendeu no colégio que uma das características dos mamíferos era a presença de pelos. Eu achei bonitinho minha filha me ensinando aquilo. Logo depois, ela saiu do banheiro, falando:

— *Pai, teu sabonete é mamífero.*

Eu pensei na hora:

— *Você é minha filha mesmo! Não tenho a menor dúvida, nem precisa fazer DNA.*

CAMISINHA

Quem não quer fazer DNA tem que usar camisinha. Uma tia minha sempre falava pra minha prima:

— *Se for transar, transe com segurança.*

E ela engravidou do segurança.

****

Mulherada, entendam uma coisa muito séria: para o homem, comprar camisinha não é uma tarefa tão fácil assim. A gente chega para comprar preservativo na farmácia, mas não é que você compra e sai. Não, não é uma coisa tão simples. Você pega aquela cestinha e começa a misturar com uns produtos que você nem queria. Você vai enchendo aquela porra da cesta de produtos para disfarçar, porque comprar camisinha e passar no caixa é igual chegar pra mulher no caixa e falar:

— *Moça, tá vendo isso aqui? Vou pôr meu pinto dentro.*

É quase que uma provação. Aí mistura a camisinha com os outros produtos na cestinha, vai passando eles no caixa, tentando disfarçar, como quem diz:

— *Ué, quem pôs isso aqui?*

Por mais que você disfarce, sempre alguém te olha com aquela cara de "hummm, safadinho". Eu não sei do que eu tenho mais vergonha: se é de comprar camisinha ou se quando as que eu comprei passaram do prazo de validade. Porque, se você compra e não está usando, você está mandando muito mal.

Você já parou para pensar qual é a razão de a gente usar camisinha? Basicamente, é porque quando você transa com uma outra pessoa, você só pega o que de pior ela tem. Você nunca pega talento, inteligência... Não! Você pega fungo, chato, DST. Em alguns casos, pode pegar até uma doença terminal, tipo filho.

VÍRUS

A gente tem mesmo que se proteger. É vírus pra cá, vírus pra lá... É tanto vírus hoje em dia, é tanta coisa que pode causar sua morte, que eu já vi pichado no muro: saudades da gonorreia.

Às vezes eu fico me perguntando se o mercado de vírus não está saturado. Afinal, não tem mais o que inventar de vírus. Só falta algum cientista entediado resolver inventar, sei lá, um novo tipo. E o que seria um vírus inédito? Um vírus que, de uma hora para outra, deixa o cara com o pinto pequeno. Os homens iam se cagar de medo. Imagina, você entra no vestiário do clube e dá de cara com o cara de pinto pequeno:

— Como é que aconteceu isso?

— Não sei, tava tudo normal... Aí um cara ali entrou e, quando eu olhei, tava todo mundo com o pinto pequeno.

— Nossa, mas é possível pegar isso?

— Claro, olha o Japão!

REMÉDIOS

Eu sou daqueles caras que leem bula. E eu não aconselho ninguém a ler bula de remédio. Porque ela está ali por um único motivo: te deixar em pânico.

Eu li uma bula que dizia: *efeitos colaterais: boca seca, disenteria e problemas sexuais.* Aí eu pensei: com boca seca e disenteria, é óbvio que eu vou ter problemas sexuais.

Numa outra bula, estava escrito: *este medicamento pode causar sonolência profunda.* Poxa, isso assusta... deveriam colocar algo menos apavorante e mais direto, como por exemplo: *vai tomar? Não faça planos.*

Você já viu a embalagem daquela vaselina KY gel? Não me pergunte como é que aquilo foi parar na minha mão. Curiosidade, oras.

Mas não é piada, está escrito assim: *Modo de usar: rompa o lacre.* Os caras foram diretos nessa, hein? O cara pega a embalagem na farmácia, lê e pensa:

— *É para isso mesmo que eu tô levando.*

Quando você vê um homem comprando KY gel, desconfie... Ninguém se preocupa tanto assim com o cu dos outros.

UM JOVEM EM DESCONSTRUÇÃO

Hoje, comediantes da nova geração chegam para mim e falam:

— *Porra, Diogo, você é foda! Eu comecei a fazer stand-up por tua causa!*

E quando você ouve uma coisa dessas, a primeira coisa que faz é tentar achar alguma vantagem em ficar mais velho. E tem vantagem em ficar mais velho. Eu provo para você: eu já não preciso mais de nenhum tipo de droga. Eu sinto o mesmo efeito quando levanto rápido.

Na minha idade, a gente também se machuca sem fazer porra nenhuma. Já aconteceu de a minha mulher escutar eu gritar e ela vir correndo me acudir:

— *Que foi, amor???*

— *Me abaixei.*

Eu só queria pegar o controle remoto...

Aí você vai no médico e fala:

— *Doutor, tô com uma dorzinha, o que eu tenho?*

Ele olha para você e responde:

— *56 anos.*

BROXADAS

Com a idade, uma parte do corpo começa a querer fazer corpo mole. É ou não é? Não venha dizer que só eu passei por isso. Mulheres, eu vou contar uma coisa sobre homens. Para um homem, broxar é tranquilo. Sabe o que é foda? A gente não sabe o que falar quando broxa. Aposto que os caras estão lendo este livro agora e pensando: *é mesmo, o que é que eu falo? O que eu falei a última vez? Quando foi mesmo... ontem?*

****

Outro dia eu entrei no banco (eu não estou brincando), a mulher do caixa olhou para mim e falou:

— *Caiu o sistema, senhor.*

Na hora eu já peguei uma caneta e anotei para não esquecer:

— *Boa desculpa. Vou usar essa na próxima broxada.*

****

O homem é vaidoso demais, todo homem é vaidoso. A gente não vai ao urologista para falar:

— *Doutor, broxei de novo.*

Não, a gente é muito vaidoso pra isso. O que é que a gente faz? Consulta outro especialista... o Google.

Escreve lá: "disfunção erétil". E brotam uns 40 mil comprimidos. Verdade! Antigamente era só o Viagra.

Uma vez eu achei um remédio que durava 48 horas. Isso não é nem um remédio, é o Jack Bauer do pinto. Não faz o menor sentido, o que você vai fazer com aquilo funcionando por 48 horas? No outro dia você vai pro futebol e mostra "aquilo" pros amigos:

— *Chega aí, galera!*

Eu tenho preocupação com esses remédios. Olha a merda: o cara vai ao motel, toma o remédio e se transforma num super-herói. Mas... vai que dá um piripaque? Sei lá, todo remédio pode ter efeito colateral. E se o cara toma o comprimidinho com bebida alcoólica e morre? Morrer, OK. O problema é que o remédio dura 48 horas. São mais dois dias inteiros, tá ligado? Você acha que este é o velório que o cara tinha planejado pra família dele?

Pelo menos, tem uma vantagem: vai ter uma alça a mais pra carregar o caixão. Imagina o sujeito no caixão cheio de pétalas. De repente: um arranjo ali pelo meio... O velório vai ficar animado: os amigos vão pegar as coroas de flores e fazer campeonato de argola.

Eu queria muito trabalhar, por um dia que fosse, como atendente no Boston Medical Group, aquela clínica que trata de disfunção erétil, só pra poder atender o telefone e dizer:

— *Quem falha?*

MÉTODOS ANTICONCEPCIONAIS

Mesmo com todas as vantagens e desvantagens da idade, ainda assim eu descobri que vou ser papai de novo. Eu estou muito tenso, porque é uma gravidez de risco: se a minha mulher descobrir que eu engravidei outra mulher, estou correndo um certo risco.

****

Dizem que o homem antes de morrer tem que fazer três coisas para dizer que a vida dele valeu a pena. Eu não sei a ordem dessas coisas, mas são: escrever um livro, plantar uma árvore e ter um filho.

Nesse ponto eu já me sinto até realizado, livros eu já tenho alguns escritos. Até porque eu já compro eles escritos.

Árvore também, beleza. Quem nunca plantou uma árvore? Eu já plantei várias, até o dia que a polícia bateu lá em casa.

Agora, filho... a gente para pra pensar. Se criança fosse algo tão bom, não existiriam tantas maneiras para a gente evitar. Não é só camisinha. Tem a camisinha feminina (parece um coador de café aquela porra). Funciona porque o cara vê aquilo e foge. E enquanto você está lendo este livro, os caras estão inventando novos métodos anticoncepcionais.

Eu já ouvi falar de um adesivo que não deixa engravidar. Mas em que parte do corpo será que se coloca esse adesivo? Ele é tipo um lacre da entradinha?

Já ouvi falar de uma injeção, de DIU, diafragma... Tem também aquela pílula do dia seguinte, que deve ser uma merda para a mulher comprar. Fico imaginando a cena de uma mulher entrando na farmácia, olhando para o farmacêutico e dizendo:

— *Moço, dei ontem. E no pelo.*

Mulheres também passam por constrangimentos.

O que mais que tem? Tem o chip agora, que eles colocam dentro de um anel. Não, não é esse anel que você está pensando. Se bem que esse também não deixa de ser um método seguro pra não engravidar... sexo anal. Aposto que só os homens riram dessa piada. Eu entendo as mulheres, porque os homens são uns idiotas.

Todo homem é idiota nesse ponto. O homem é imbecil. Imagine a situação: tua mulher vem e conta que está naqueles dias:

— *Hoje não vai rolar. OK, Alfredo? Não vai rolar.*

Mas na cabeça do homem, ele fica maquinando coisas:

— *Não é porque a montanha-russa tá quebrada, que o Beto Carrero World inteiro vai fechar. Tem outros brinquedos aí... dá pra ir no trem-fantasma, no tobogã, no "bate-bate"... vamos ser criativos!*

Falei do "bate-bate", aposto que um monte de leitores homens riu de novo. E taí mais um método anticoncepcional: a masturbação, que eu gosto de chamar de sexo artesanal, feito com as próprias mãos.

Isso me faz lembrar da minha adolescência. Acho que eu fazia tanto sexo artesanal, que o meu pau parecia um joystick, tinha marca dos dedos.

Ah, eu castigava. Era eu e o Marcelo D2: à procura da batida perfeita. Quando você está naquela idade, você faz sem culpa, até que você pensa "um dia eu vou casar, vou ter esposa e família... não vou precisar mais fazer isso". Aí, quando casa, você não para. Você vira um profissional. Às vezes só espera ela dormir, que dá mais emoção. Se ela acordar e te pegar no flagra, é só falar:

— *Tava pensando em você!*

ACADEMIA

Duas coisas que deixam a gente com o braço forte: masturbação e academia. O que eu acho mais foda da academia é o primeiro dia.

Tecnicamente você está animado, mas quem te atende é um cara que dá dois de você: o cara sarado. Esse cara acaba com a tua autoestima.

Já me aconteceu de chegar na academia, olhar pra cara do cara e pensar: *caralho, tenho que ir pra outra academia, malhar, pra depois vir falar com esse cara.*

E o cara faz umas perguntas difíceis:

— *Faz tempo que você não malha?*

— *É...*

— *Se preocupa não, que teu músculo tem memória.*

— *Mano, acho que o meu está com Alzheimer.*

Parece que o cara da academia conta vantagem em cima dos aparelhos quando ele vai te mostrar:

— *Isso aqui é máquina de bíceps, essa outra é de tríceps e aquela é a máquina de quadríceps!*

Quando você tá fora de forma em pleno verão, a única máquina que você quer... é a máquina de chope! Um amigo sarado me falou que eu tinha que malhar porque estava muito FRANGO (que é o apelido de quem tá fraquinho). Depois daquele dia, decidi ir pra academia. Lá eu falei que queria ficar fortão.

O personal me disse:

— Para ficar fortão não é só malhar, tem que mudar tudo. Para eu ficar assim, eu como muito frango.

Ele come muito ***frango***? Nunca mais voltei lá.

****

Tem uma coisa nessas academias moderninhas que chama muita atenção: você vai colocar o buraquinho do peso e tem um ímã que puxa e faz uma sucção... Só que, com o tempo, você já não está mais enxergando nem o buraquinho, nem o ímã.

Aí te ajudam, porque você está procurando o buraquinho e não enxerga onde tem que encaixar. E eu fiquei pensando... depois de uma certa idade, a buceta tinha que ser assim também. Você está ali, sempre tá do jeito que você queria, mas de repente "tchum!", puxou!

Isso sim é tecnologia ao seu favor, não é verdade? Nós não queremos ir pro espaço, ou ter uma fonte de energia infinita... nós só queremos bucetas com ímã! Não seria fantástico?

Um dia, o instrutor chegou pra mim e disse:

— Agora que você treinou, descansa. Porque você ganha músculo no descanso.

— Eita, porra, então não precisava ter vindo.

Tem umas coisas de academia que eu não entendo, tipo bike indoor, uma bicicleta que não sai do lugar. É uma viagem sem ida.

E aula de spinning? Entra a pessoa mais animada que eu já vi na minha vida, chamada professor de spinning. Parece que esse cara enfiou uma pilha Duracell no cu. Ele chega tocando o terror, colocando umas músicas eletrônicas:

— (Tuts tuts tuts). Olá, galera! Olá, galera! (tuts tuts tuts) Mais carga!

Não tô brincando. Eu já tava morto e o cara pede mais carga? Aí você finge que está aumentando aquela merda. Ele nunca vai fiscalizar pra que lado você está virando aquilo. Então eu dava uma diminuída ali, fingindo que estava aumentando. Mas logo ele começou a dar uns gritinhos:

— Uhu! tuts tuts, uhu!

Eu virei pra mina ao lado e falei:

— Caralho!!! Já pensou dar uma bicicleta de verdade pra esse cara? Ele vai ter um orgasmo.

Alguns exercícios são bastante desconfortáveis. Eu até reclamei pro professor:

— Que coisa chata, não aguento mais esse exercício com bola.

Ele respondeu:

— *Mas isso é a sua barriga...*

Outros exercícios têm nomes estranhos: desenvolvimento pra trás, rosca direta... Muitas vezes no meio do treino você sente um bafo na nuca e tem um cara gigante falando:

— *Vamos revezar?*

— *Será que eu tenho escolha?*

Mas você tem certeza mesmo de que academia é coisa do demônio quando vê que existe um exercício chamado crucifixo inverso.

Tem algumas frases de efeito que todo professor de academia usa pra te incentivar: *não existe ganho sem esforço*. Mas peraí: isso não é uma regra. Eu ganhei essa barriga aqui sem fazer o menor esforço.

Se você fechar os olhos e escutar o som de uma academia, vai perceber que é um tanto quanto pornográfico. Um monte de gente gemendo. Isso quando não tem alguém que fala:

— *Isso, pega firme. Assim!*

Ou então...

— *Olha só essa veia saltando aqui.*

No almoço, os caras fortes sempre tão comendo uma marmitinha o mais leve possível. Já eu tô sempre com um prato de quase 1kg. Eu sim, deveria ser fortão, carrego muito mais peso que eles.

Eu vi um vídeo do Toguro, em que tinha uns caras bombados comendo 30 ovos crus de uma vez só. Não é à toa que os caras são todos trincados. Imagina a força que o cara faz no banheiro depois.

— *BIIIIRRRLLLL. Tá saindo da jaula o monstro!!!*

Ao final do treino, tem o vestiário. É muito desconfortável estar em um ambiente com vários caras pelados e você ter que agir como se fosse uma coisa normal. Por mais que você tente fixar olho no olho, seu olhar sempre dá uma escapadinha para conferir. É aquela conferida só para você saber se o seu está na média do mercado.

O homem tem dessas. Todo homem em algum momento já mediu o próprio pinto. Eu tenho minha teoria sobre isso: quanto mais fala, menos tem. Deve ser por isso que as mulheres não têm.

ATLETAS

Todo mundo tem um amigo muito atleta. Talvez você, que está lendo este livro agora, seja esse cara. O amigo atleta é aquele que te liga no sábado às 7h da manhã e fala:

— *E aí, Diogo, vamos participar?*

— *Do que?*

— *De uma maratona.*

— *Vamos. Como é que é?*

— *Simples. A gente vai correr 42km.*

Cara, a única coisa que eu pensei foi que, se eu fizer isso de carro, eu já canso. Mas eu continuei dando corda para ele:

— *Começa onde?*

— *Na Avenida Paulista.*

— *Tá, e acaba onde?*

— *Ali mesmo na Avenida Paulista.*

— *Então pra quê? Toda essa volta de 42km pra chegar no mesmo lugar?*

Mas o cara que é atleta quer te convencer. Ele quer falar que é legal, que tem todo o espírito saudável, de competição... sem falar na adrenalina envolvida. E tem prêmio, tem medalha, tem até alimentação. Aí eu me interessei:

— *Opa... tem alimentação?*

Pela primeira vez eu entendo por que vêm tantos quenianos pra cá participar. Esses caras tão cagando pra medalha.

ESPORTES

Esporte é muito legal. Futebol no Brasil é cultura. Quando eu escuto jogador de futebol falando, eu tenho certeza disso.

A pior coisa que existe é você assistir a um jogo de futebol do lado de um cara que é muito fanático. Quem já passou por isso sabe como é horrível. O cara chega a um estado em que ele acha que ele está no time. Por exemplo, ele começa a falar coisas do tipo:

— *Que droga, nós não tamo chutando!*

— *Eu não ia falar nada... Mas não é você... São eles, pô.*

O cara me olha feio, mas eu tenho que jogar a real:

— *Quando foi a última vez jogou bola na vida? Você tá pesando 130... E ontem vomitou no bar, inclusive.*

Mas o cara não quer saber e continua:

— *Olha, que merda! Esse juiz só faz cagada, só toma decisão errada!*

— *Eu não ia falar nada, mas você tá no terceiro casamento...*

Tem alguns esportes que você não entende direito. Tipo o basquete: a cesta vale 2, mas se for de falta vale 1. E, dependendo de onde o jogador arremessa, vale 3. Você tem que assistir ao jogo com uma calculadora.

Todo jogo de basquete tem uma megaprodução: tem um rapper, tem show de luzes, tem laser, tem umas dançarinas. Aí a câmera filma as celebridades na plateia... Tudo isso faz parte do entretenimento.

Mas, se você for analisar friamente, o que é o basquete? Um cara de dois metros de altura colocando a bola na cesta. Porra, é o mesmo nível de dificuldade de eu puxando a descarga.

Tem também o tênis. Eu comparo o tênis com relacionamentos. Por exemplo, o casamento tem que ser frescobol, não tênis. Por quê? Porque no frescobol um ajuda o outro, no tênis um quer ferrar o outro.

Mas o tênis também tem a ver com casamento. A partir do momento que você casa, só você que vai sacar. Sexo vai ser de 15 em 15. Isso, se você não levar uma cortada.

Mas o tênis é um esporte que tem disciplina; no tênis você vê os dois caras batendo na bola e gemendo: *Uh! Ah! Uh!* Fora isso, só aquele silêncio. E, se alguém fala alguma coisa, aquele juiz em cima da cadeirinha fala:

— *Shhhhh, agora não.*

Que bom se desse para fazer isso no seu relacionamento. Sua mulher vem querendo discutir a relação e você só fala:

— *Shhhhh, agora não.*

O tênis contribuiu para uma grande invenção, que é a raquete de matar mosquito. Depois que comprei aquela raquete, eu virei um psicopata. Você começa a querer desafios maiores. A arara não morre com essa raquete, já vou avisando.

****

Lutas marciais são legais. E qual é a luta marcial brasileira? A capoeira. Capoeira é uma forma que o baiano achou de brigar sem ter que parar de dançar. Ele já faz as duas coisas juntas e sobra mais tempo de descansar depois.

Tem alguns esportes que eu não considero esporte. Por exemplo, o pessoal fala que sinuca é esporte. É, pode até ser... Mas qualquer bêbado joga sinuca. Aliás, eu acho que é um requisito da sinuca estar bêbado.

— *Ô, André. Cê tá bêbado?*

— *Tô.*

— *Então vamos lá, jogar sinuca.*

Sinuca é o tipo de coisa que você faz depois que bebe. Justamente porque é isso que você faz quando está bêbado: enfia as bolas no primeiro buraco que você vê.

E todo cara que joga sinuca acha que é um mestre. Ele se considera professor, por isso anda com um giz.

A sinuca tem algumas regras. A bola preta fica por último, né? Pode parecer preconceito, mas não é. É a bola que define o jogo. Assim como no pornô: atrás de uma bola preta, vem sempre uma grande tacada dura.

Podiam fazer umas Olimpíadas só com esporte de bêbado. Sinuca. Truco. Podia ter o triatlo do bêbado: sinuca, truco e voltar rastejando para casa.

CELEBRIDADES

Hoje em dia, a gente não sabe mais o que pode comer. "Isso faz bem", "isso não faz bem". Você está no mercado, pega uma carne e, enquanto analisa a embalagem, vem a lembrança daquele comercial em que surge o Tony Ramos de trás da gôndola:

— *Carne tem que ter procedência, tem que ser Friboi.*

Cara, de quem foi a ideia de relacionar o Tony Ramos com bife? O publicitário, no momento que estava comendo, achou um cabelo no prato e pensou:

— *Acho que o Tony botou o cu dele aí.*

****

Existem pessoas que fazem você se sentir pior porque elas comem muito bem. Por exemplo, o modelo Paulo Zulu. Você já recebeu nude do Paulo Zulu? Eu já. Fiquei puto. O cara já é galã, ele não precisava daquilo tudo. Só aquela veia mestra já dava um bom cacete.

Só para você ter uma ideia de dimensão, ele não precisaria de mãos para ler este livro. Já teria um apoiador de livros no próprio corpo. E se quisesse poderia trocar o canal da TV sem se levantar do sofá.

Não sei para quem ele mandou aquele nude, mas a pessoa teve que engolir muita coisa. Se ela fosse filmar o boquete com uma câmera GoPro, seria uma endoscopia. A minha dúvida era se ele não tinha a perna esquerda. Ele é tão bem-dotado que tinha púcio, prepúcio e pós-púcio. Um japonês viu o nude dele e foi parar no psicólogo. Só com o que sobrou da operação de fimose, deu para ele fazer duas barracas e uma capota de jipe.

Para piorar, eu vi o Paulo Zulu no Programa do Faustão. E o Faustão falou:

— Grande Paulo Zulu!

Na hora, eu virei e falei para a TV:

— Ah, Faustão... também viu o nude, né? Tamo junto, Fausto.

Mas o Faustão continuou:

— Ô loco, bicho. Como é que você faz pra ficar bem assim?

— Olha, Fausto. Eu sou o que eu como.

Aí eu fiquei mais puto ainda. Esse cara só comeu modelo até hoje. Se ele tivesse que encarar as coisas que eu já peguei, ele ia estar barrigudo e cardíaco.

CURITIBANOS

Eu sou de Curitiba, tenho o maior orgulho da cidade. Mas costumo dizer que o curitibano é como um bom vinho. Seco... e reservado.

O grau de exigência do povo é tanto, que é um dos poucos lugares do mundo que teve uma loja do McDonald's que inaugurou e não deu certo. Já deu para imaginar o quanto você tem que ser bom para agradar o curitibano.

Veja bem, eu não estou defendendo o McDonald's. Tem coisa que você come e vai direto para o banheiro. Na minha opinião, no McDonald's todas as refeições podiam chamar *Número 2.*

Os gringos do McDonald's ficaram putos. Fizeram até reunião para entender:

— *O que que esses curitibanos querem? Os caras estão se achando. Não gostaram do McDonald's? Então vai lá e faz melhor!*

Aí os curitibanos fizeram o Madero. E, para serem mais chatos ainda, puseram o nome de *The Best Burger In The World*. Chupa, gringaiada. Nós somos foda!

Aí você para e pensa que os curitibanos devem ser fodas mesmo. Sabe por que que eu sei que curitibano é foda? Porque eu não moro mais em Curitiba, tô morando em São Paulo. Daí eu entro no táxi e o motorista pergunta:

— *Você é gaúcho, né?*

Se você é curitibano, isso vai acontecer com você: você vai entrar em um táxi em São Paulo e o cara vai perguntar se você é gaúcho. Bom, eu respondi:

— *Não, eu sou de Curitiba.*

O motorista imediatamente muda o tratamento:

— *Hummmmmmm... que chique...*

É como se fosse um estrangeiro: este cara é outro nível. É como se você morasse em um condomínio fechado do país. É o maior respeito: cidade exemplo, cidade limpa, cidade experimental. Aí você pensa que é isso mesmo: em Curitiba, até o cu vem na frente.

****

De uns anos pra cá, tem uma coisa que todo mundo de São Paulo fala, quando você conta que é de Curitiba:

— *E o Sérgio Moro?*

Eu fico pensando: o que virou o Sérgio Moro? O cara virou um puta super-herói! Não sei qual é o poder do Sérgio Moro. Sérgio Moro é igual à tua mulher: se ele quer saber alguma coisa, ele não vai direto em você. Primeiro ele interroga teus amigos, ele faz a delação premiada. Só depois ele te fode. Você pode dizer:

— Grandes merdas o Sérgio Moro prender o Lula. O Lula tá solto.

Sim, o Lula voltou a ser presidente. Metade do Brasil está comemorando. A outra metade continua trabalhando normal.

O Lula agora está pop. Ele vai a todos os podcasts e faz o mesmo discurso:

— Cadê as provas? Não tem prova!!!

Ou seja, pra quem não estudou, acho que ele está pedindo demais.

Aí nós temos quem mais como opção? O Bolsonaro! O Bolsonaro é o tio do pavê do WhatsApp. Ele é igual àquele teu amigo da 5ª série, que, quando você falava *Hã?* Ele respondia *prrrrrrr!!!!* E sempre fazendo aquele gestinho com o braços de: *te comi!!!* Se um cara desses já era chato na 5ª série, imagina depois que se tornou presidente!

Não é possível que não havia um assessor ao lado dele para falar:

— Bolsonaro, você tá falando muita merda. A última bosta que você disse repercutiu na mídia internacional.

— Então prepara o cu, que lá vai pau.

Não dá, é muito 5ª série.

Enquanto isso, o Sérgio Moro está fazendo fonoaudiologia para melhorar os seus discursos. Olha, posso ser sincero? Ele precisa mesmo de fonoaudiologia. Porque ele falando me lembra de um jegue roco!!

— Ehhhhhhhh!!!! Hummmmm ehhhhhhhh!!!

Sempre tem alguém que me pergunta:

— Beleza, Diogo mas e o STF? Quero ver você fazer uma piadinha com o Supremo. Não vai fazer? Tem medo?

Minha resposta é simples e direta:

— Tá louco, se eu fizer isso eles vão mandar me prender! E aí o que eu faço?

Bom, quem sabe eu possa dizer que sou corrupto? Aí eles me soltam!

FICANDO VELHO

Depois dos 40, a única coisa com gordura que a mulher pode comer é o próprio marido.

É nessa idade que você começa a virar público-alvo de umas campanhas de conscientização muito bonitinhas. Tem uma das campanhas que chama Novembro Azul, que é sobre o exame de toque. Devia chamar Novembro Roxo, porque eu estava tenso para ir fazer o exame, com medo que doesse. Mas, no fundo, era mais medo de que não doesse, né?

Eu estava na sala de espera do médico, nervoso, esperando meu momento. O doutor abriu a porta, olhou pra mim e chamou: *próximo!* Ele não tinha um dedo, ele tinha um pinto com unha.

Eu estava muito nervoso e querendo acabar logo com aquilo. Então resolvi ajudar a adiantar logo o serviço: já fiquei de gatinho para facilitar. A única coisa que passa pela sua cabeça é: *seja breve, doutor.*

Fiquei de joelhinho, baixei a calça, aquela posição, e o médico me viu assim de gatinho com a calça abaixada e perguntou:

— *O que você tá fazendo?*

O médico achou que eu fui lá pra dar pra ele, você tá entendendo? Tem nada a ver a posição que ele disse que eu tinha que ficar. Ele me disse que não tinha que ficar de quatro, mas sim de ladinho. E ainda tinha que colocar o queixo na mesa.

Em seguida, o médico pediu para encolher a perna, o que faz total sentido: você de ladinho e encolhendo a perna, nessa hora o seu cu dá um oi. Tipo: *Opa, tô aqui.* Isso facilita bastante para o médico.

É a contagem regressiva na cabeça do cara, *3, 2, 1...* aí eu soltei um grito:

— *Ahhhhhhhh!*

Ele falou:

— *Calma, ainda tô pondo a luva aqui.*

O cara era profissional, me mandou relaxar. Mas quando você escuta o dedo dele naquele pote de Claybom, você contrai músculos que você nem sabia que tinha. É o momento mais tenso da vida do cara.

Só que, nessa hora, o médico usa uma técnica que eu chamo de distraída de cu. Primeiro ele dá uma rodeadinha com o dedo, e aí começa a falar com você, como quem não quer nada:

— *E o Brasileirão, hein? Quem que leva?*

Só assuntos que não precisava:

— *Já notou que você tem uma verruga aqui na tua entradinha?*

— *Doutor, essa é a minha saidinha né?*

Naquela posição, você não consegue impor respeito. Você está tenso e o médico caçando Pokémon. Você nervoso. E ele rodeando... Chegou um momento que eu pensei: *o cara tá lendo a sorte no meu cu.*

Aí chegou um momento que ele falou assim:

— Você não precisa ficar constrangido, não. É muito comum nessa hora o sujeito ter uma ereção.

— Doutor, eu não tô tendo uma ereção.

— Mas eu tô.

Tem que dar um desconto pro urologista. Urologista é o médico que fez medicina, se formou, fez residência, sabia que tinha outras opções, mas parou e pensou: *partiu cu*.

Que momento rolou esse insight, né? Imagina um cara que trabalha no McDonald's: ele chega em casa cheirando a hambúrguer... Agora imagina esse médico.

E na hora que você vai embora, a sensação é meio que de frouxidão. Você perde o controle do esfíncter, três semanas de cu frouxo, é isso. E aí a gente acorda pra vida.

REDUNDÂNCIAS

Eu vi uma placa esses dias que falava assim: *vende-se mel*. E embaixo estava escrito: *de abelha.* Eu falei:

— *Ah vá?*

Sempre tem umas placas bostas que estão ali, mas não precisava. Tinha uma placa que falava: *encanador*. E embaixo estava: *atendo a domicílio*. É isso que eu espero de um encanador, né?

Em Curitiba tem o Cemitério Iguaçu. Tem uma placa que não é piada, onde está escrito: *estacionamento somente para visitantes*. É um cemitério, caralho.

Tinha uma, em um restaurante, que falava assim: *temos pedidos para viagem*. Eu pensei que era pra ir pra Disney.

Tinha uma outra, que dizia: *atenção, novo sentido*. E minha vida mudou. Ou: *criança no banco da frente causa acidente*. Às vezes um acidente no banco de trás pode causar uma criança.

CONSTRANGIMENTOS

Às vezes a gente se sente constrangido. Já aconteceu com você de chamar o ônibus e ele não parar? Aí você não quer aceitar que foi com você e só tem uma reação possível: fingir que nem queria.

Ou quando você vai na casa da pessoa e ela fala:

— *Não repara a bagunça.*

Dá vontade de falar:

— *Não precisa se desculpar, daqui a pouco eu vou embora. Quem vai viver aqui nessa zona é você.*

No trabalho, tem aquele cara que olha pra você e fala:

— *Ei, caso a gente não se veja, bom final de semana.*

— *E se por acaso a gente se ver? Aí meu final de semana vai ser uma merda?*

Às vezes você se despede da pessoa, mas, quando repara, aquela pessoa tá indo para o mesmo lugar que você também está indo. Você tem que passar mais um tempo de constrangimento com aquela pessoa. Podem ser apenas trinta segundos, mas que parece é infinito. Porque a pessoa sabe quando você não quer mais falar com ela, você já nem responde mais. Ela fala qualquer coisa e você só levanta a sobrancelha o máximo que pode.

Assim é a vida: cada vez você conhece mais pessoas e gasta mais tempo pra se livrar delas depois.

****

Hoje em dia tá todo mundo muito doido. Por exemplo, você encontra uma pessoa na rua e pergunta despretensiosamente:

— *E aí, cara, tudo bem? Como é que tá?*

O cara fala:

— *Loucura, loucura.*

— *Mas, como assim, trabalhando muito?*

— *Cara, tá uma loucura. Muito louco.*

Dá vontade de ir em um hospital psiquiátrico e perguntar como é que aquelas pessoas estão:

— *E aí, como você tá?*

— *Loucura.*

— *Muito trabalho?*

— *Não, só loucura mesmo.*

Nunca esqueço o dia em que eu fui a uma entrevista de emprego e o sujeito perguntou:

— *Você já teve problema com bebidas ou drogas, que a empresa deva estar ciente?*

— *Que a empresa deva estar ciente, não.*

****

Eu odeio quando objetos eletrônicos me acusam de ser burro. Você digita qualquer palavra no Google, ele pergunta: *você quis dizer...?* Ele tá te chamando de idiota.

O celular às vezes fala: *pressione asterisco ou...* ele já tá duvidando da minha capacidade.

Tecnicamente você tem que dirigir pra usar o Waze. Mas ele sempre quer saber se quem está digitando é *motorista ou passageiro.* Nessa hora você pensa *será que eu minto pro Waze? vai que ele descobre e me leva pra favela.*

****

Esses dias eu tava no computador e estava escrito assim: *favor criar uma senha*. E eu sempre esqueço a minha senha, porque eu sou lesado. Aí eu pensei numa senha que eu não ia esquecer. Coloquei *meupau*.

O computador falou:

— *Favor criar nova senha, a sua é muito curta.*

AVIÃO

A gente que trabalha com stand-up acaba viajando bastante de avião. Eu tenho medo de avião, mas eu preciso andar de avião.

Já começa pelo aeroporto, que é um lugar onde tudo é muito caro. Eu não sei por que, mas no aeroporto tudo é muito caro. Acho que eles pensam assim: *se o avião cair, é a última compra da tua vida. Você vai economizar com você?* É quase que uma reflexão de vida.

Você está reclamando desse preço, você sabe onde é que você está entrando? Num meio de transporte que está no ar. E as oficinas não...

Quando você tá no avião, eles mostram coisas que podem salvar sua vida, mas não é isso que te convence. *Mascarinhas de oxigênio se desprenderão.* Para mim, aquelas máscaras são só pra abafar os gritos, quando o avião tá caindo.

Cinto de segurança. Pra quê? Para não misturar os cadáveres.

Sempre que eu tô no avião, tem um cara mais nervoso que eu. E senta onde o filho da puta? Do meu lado.

Às vezes eu pego uns voos de promoção. E num desses dias, o cara que tava do meu lado falou assim:

— *Esse avião aqui, não sei não, hein...*

Ok, era um avião merda. Eu perguntei:

— *O quê?*

— *Vai que dá um pobrema.*

Eu falei:

— *Vish, pegou a promoção.*

Mas ele nem deu bola e continuou:

— *Se der um pobrema, esse avião prana?*

Eu não queria desapontar o cara, então respondi:

— *Plana.*

— *Mas prana quanto?*

— *No máximo até o local do acidente.*

Quando eu sento na poltrona de emergência, sempre vem a comissária e pergunta:

— *O senhor está apto para sentar nessa cadeira?*

Eu geralmente falo que sim, mas eu só quero me livrar dela. Quando ela vira as costas, eu sempre fico pensando: *vai que dá uma merda?* E, se der, eu logo imagino a cena de eu correndo atrás dela que nem um idiota:

— *Moça, o que eu falei era mentira, eu sou um bosta. Eu nem li aquilo que você pediu pra eu ler.*

Avião tem alguma coisa que dá sono. A gente entra no avião e já começa a querer dormir. É uma merda, pode reparar, não importa o quanto você vai dormir, tem uma coisa que acontece toda vez que você dorme.

Pode ser só um cochilo. A hora que você tá dormindo é o momento exato em que a moça vai passar com o lanche.

Você acorda no susto, olha para trás e fala: *meu lanche!* Ela vira com aquela cara de *se fodeu, não vou voltar*. Eu acho, sinceramente, que as comissárias são treinadas pra isso:

— *Presta atenção, Lourde: passageiro dormiu, você passa.*

A comissária não é a melhor pessoa pra te acordar. Porque você está no avião, dormindo, aí aquela voz entra no teu sonho:

— *Senhor, poltronas na vertical, senhor, senhor!*

Você começa a ter um sonho erótico com a coisa. Imagina transando com a comissária:

— *Senhor, pinto na vertical, senhor. Que saco feio, senhor.*

O mais difícil no avião é entender o que o piloto fala. Pode reparar, a gente nunca entende nada:

— *Muito boa tarde, aqui é o comandante Nelson, estamos a bordo do 277, agora passo a chhhhhhhhhhhhh.*

Você pensa: *caralho, fodeu muito.* Aí vira para a pessoa ao lado e pergunta:

— *O que ele falou?*

— *Não entendi.*

— *Nem eu.*

Mas tudo bem. Logo em seguida, ele repete tudo em inglês. Só que às vezes é um carioca falando inglês, fica aquela coisa meio:

— *Don'tiiiii forgetiiiii to puttiii yourrrrr baguixxxxxz under yourrrrr seatiiii ae, cause que dis turbulation.*

MULHERES

Hoje em dia a gente fala muito de empoderamento feminino. Tudo é machismo. Esses dias eu tava pensando, a gente fala o Deus, o diabo. Tudo no masculino. Meio machista.

Mas, depois eu fiquei pensando, se Deus e diabo fossem mulheres, elas iam acabar conversando e iam ficar amigas. Não ia ter mais o bem e o mal, ia ser só duas peruas conversando.

Eu acho que as mulheres mandam na gente. Você também acha isso ou só eu que sou um bosta?

Me diz se já aconteceu isso com você: quando você tá saindo de casa, está na porta e escuta a voz dela:

— *Você não vai usar isso.*

E aí que eu vejo o quanto que eu sou burro, porque eu respondo:

— *Não.*

Mas só porque eu não quero discutir, não vale a pena. Como é que você discute com uma pessoa que pensa muito mais rápido do que você?

Mulher faz quarenta coisas ao mesmo tempo. Esses dias vi uma mulher dirigindo, retocando a maquiagem, falando ao celular e atropelando uma velha. Tudo ao mesmo tempo!

Mas a sincronia que vale a pena a gente analisar. Mulher pensa no 220V. Uma toalha molhada em cima da cama irrita a mulher. Uma cueca jogada no meio da sala pode ser motivo pra acabar com o teu casamento. No meu caso, foi um dos motivos... porque a cueca não era minha. Eu não uso GG.

RELACIONAMENTOS

Eu sou casado. Um dia eu saí do banho — e, quando a gente é casado e sai do banho, usa a toalha. Mas de repente escapou a toalha.

Eu pensei: *Quer saber? Foda-se*. Continuei fazendo tudo o que eu tava fazendo, só que pelado. Enquanto andava pelado pela casa, deixava um rastro de talco pelo chão. Aliás uma coisa que aprendi com o tempo: quanto mais velho um homem fica, mais talco ele usa, principalmente nas partes íntimas. Você vai a uma sauna e sempre tem um velhinho enchendo o peru de talco. A última vez que minha mulher foi fazer um boquete, quando ela levantou a cabeça parecia o Coringa!

Só que minha mulher estava lendo um livro. Ela parou de ler e ficou me encarando. Eu estava pelado, e quem é casado sabe do que eu estou falando: você não pode perder o timing.

Eu saquei o movimento, fui me preparando... Ela me olhou de um jeito que fazia tempo que não me olhava. Quando eu já estava empolgado, ela falou:

— *Que saco feio!*

Eu não tava esperando, não sabia nem o que falar nessa hora. Fiquei pensando, será que meu saco foi enfeiando com o tempo? Será que ela nunca parou para reparar no saco também?

Saco é feio, se você analisar friamente. Você manda um nude, é um peitinho, uma bunda. Se manda uma bola, a pessoa não dorme.

Você só manda um saco naquele grupo de putaria com os amigos do WhatsApp. Bota um óculos nas bolas e escreve a mensagem: meu nome é Eneias!

****

Sabe por que homem e mulher são diferentes? Ok, mulher é mais estressada e homem é mais idiota, isso a gente já sabe. Mas essas duas coisas funcionam bem juntas.

Se você é mulher e casada, pergunte para o seu marido:

— *Onde é que você estava ontem à noite?*

Ele vai falar:

— *Ahn?*

Isso é o mais rápido que ele consegue pensar, no desespero. Às vezes, no desespero, ele repete a pergunta:

— *Onde que eu tava ontem à noite?*

Isso é só para dar um tempo e ver se vem uma desculpa. Geralmente não vem, porque homem é idiota mesmo.

E não é fácil satisfazer a mulherada, porque as mulheres esperam um homem ideal, um cara bacana, simpático, sensível, educado, que abaixa a tampa do vaso. Esse homem existe? Existe, mas quer casar com outro homem.

Homem é legal porque não faz exigência. Para o homem, basta a mulher não feder... muito.

E que nenhum advogado venha me processar porque eu brinquei com o homem que quer casar com outro homem. Hoje em dia, eu também estou adaptado aos tempos modernos. Se eu vou transar com uma pessoa eu nem pergunto de que sexo ela é, isso aí é irrelevante. Hoje em dia é assim, e você tem que aprender a se comportar. Se eu estou num coquetel de xoxotas, passou uma piroca, eu provo. Fazer desfeita? Claro que não.

****

Como eu disse, homem e mulher são diferentes. A hora que tá naquele momento sexual, pode reparar: as mulheres estão sempre tentando ter um orgasmo, enquanto o homem fica tentando não ter.

O homem tem que pensar numa tia atropelada, pra não rolar um *oops, já foi*. E quando rola um *oops, já foi*, a mulher fica puta. Ela te intima e fala:

— E eu? Ficar aqui, só no DJzinho?

Para piorar, o homem tem uma mania horrível de acabar de transar, virar pro lado e dormir. Eu aprendi e nunca mais fiz isso. Até porque, da última vez, as putas me roubaram tudo.

Mas o comecinho da relação é o melhor momento, não é? Aquele momento que você faz tudo legal, tudo bacana, leva até ao show de humor, já aproveita que ela tá rindo. Leva ao restaurante legal.

Uma vez eu tava na praia com a minha mulher, começo de namoro. Fora de temporada não tem ninguém na praia. Aí ela virou pra mim e disse:

— *Não tem ninguém na praia, amor. Você não liga que eu tire a parte de cima do biquíni pra tomar um sol?*

E eu fiquei pensando: *como não ligo? você sabe o quanto eu dei duro pra ver esses peitinhos a primeira vez? não acho justo passar o tio do sorvete e ver de graça.*

Sem falar que bronzear o peito não tem sentido. O peitinho tem que ser mais claro que o resto da pele do corpo. É tipo um ponto de referência pra gente achar no escuro.

Aí eu fiquei pensando em tudo o que eu investi, no que eu dei de presente, mandei flor, levei no restaurante bacana... Teve uma época que eu estava gastando tanto que me ligaram do cartão de crédito, e o cara perguntou:

— *E aí, comeu?*

Tem um amigo meu, o falecido Márcio Ribeiro, que fazia parte do programa *X-Tudo,* da TV Cultura. Ele era um grande comediante, grande amigo. E ele chegava pra mim e falava:

— *Diogo, posso tocar uma pra tua mulher?*

— *Você tá louco, Márcio!?*

Ele falava:

— *Tarde demais.*

A minha mulher é de Brasília. Lugar seco, clima seco, lá o pessoal não usa nem hidratante, é KY na cara. Calor pra caramba.

Em Curitiba, frio pra caramba. Sensação térmica no inverno de Curitiba é de menos dois... centímetros!

Hoje a gente tá morando em São Paulo, que não é calor igual a Brasília, nem frio igual a Curitiba. Só que eu tenho um hábito de curitibano: durmo de meia. Ela fala que é broxante. Mas é coisa de hábito.

Só que tem coisas que eu vi que ela só começou a reclamar depois que a gente tava casado. No começo, mulher é tudo legal, mas depois reclama.

Às vezes eu não posso tomar cerveja. Porque dá barriga? Não, porque ela reclama que no meio da noite eu acordo pra fazer xixi.

Esse é outro problema, que o homem quando vai fazer xixi meio dormindo. Você acha a privada meio que por instinto, já que não está exatamente acordado. Às vezes, dá um pinguinho pra fora. E toda mulher tem intolerância a esses pinguinhos pra fora. Você não tá vendo, mas ela vê. Tá certo que às vezes é um pinguinho, às vezes é um rastro de destruição. E a mulher quer que você limpe, mas você está morrendo de sono. E essa é a vantagem de dormir de meia... aproveita e dá uma enxugadinha.

Esse é o momento que as mulheres pensam: *ai, que nojo, ele não faz isso*. E os caras pensam: *nossa, esse cara é um gênio, acho que eu vou dormir de meia hoje.*

Muito obrigado por ler meu livro até aqui. Espero que tenha gostado. E, caso a gente não se veja, bom final de semana.

WHATSAPP

Pare um minuto e tente se lembrar de alguém que você conhece que não tenha WhatsApp. É mais fácil conhecer alguém que não tenha celular do que alguém que não tenha WhatsApp. Se bem que… se não tiver celular, não vai ter WhatsApp, né? Bom, deixa para lá.

Essa é a realidade que a gente está vivendo. O WhatsApp passou a fazer parte da tua vida, definitivamente. Porque ele é um aplicativo que manda mensagem. Mas não só mensagem, ele manda foto, manda vídeo-mensagem, você fala e ele escreve o que você fala. E ele ainda manda a tua localização... Cara, isso não é um aplicativo, é uma tornozeleira. Você está preso e não sabe.

Eu sou casado e o WhatsApp não combina com casamento. Meus amigos todos usam o WhatsApp para pegar mulher. A minha mulher usa o WhatsApp para eu não pegar nenhuma.

As mulheres sabem bem do que eu tô falando. É foda, o WhatsApp tem aquela porra do *visto pela última vez*. Até isso vocês monitoram. Se o cara demora muito para ler sua mensagem, logo vocês logo pensam: *caralho, o cara morreu*.

Tem uma coisa da qual você não consegue se livrar, que é o grupo da família. Você está condenado a essa porra, conforme-se. Não tem saída, você vai ficar lá para sempre. Você acorda cedo com aquela porra tocando, acha que é uma alguma coisa importante. Mas é *bom dia*. E todo mundo responde em cima: *Bom dia!, Bom dia, bom diiaa.*

Sabe aquela prima chata que acorda às 6h da manhã só para dar bom dia volta e volta a dormir, pra dizer que ela foi a primeira a dar bom dia? Você sabe disso, não sabe? Não?! Então você deve ser a prima chata.

O grupo da família sempre tem uma tia véia que manda uma mensagem de áudio sem nada. Vem apenas uma respiração. Você ouve e pensa:

— O Darth Vader entrou no grupo.

O problema não é só o grupo da família, não. Tem grupo do futebol, grupo de trabalho... Esses dias me colocaram em um grupo gay. Como é que eu sei que era gay?! Porque tinha uma bandeira do São Paulo na foto.

Para mim, o melhor grupo é grupo das putarias. Mulheres, relevem o grupo da putaria. Porque o grupo da putaria é o grupo de sacanagem dos amigos. É onde só rola merda, é legal, é divertido... Só é foda que às vezes você está no trabalho e entra aquele gemidão do WhatsApp.

É só putaria, é tipo "piroca", "cu", "buceta"... "Piroca de novo!", "Ah, não, cavalo!", "Anão em um cavalo com uma piroca!". É tanta putaria que, às vezes, no meio de tanta putaria, um brother pega e coloca uma mensagem de áudio, tipo: *pô, pessoal, meu pai morreu*. Tem 40 neguinho no grupo, aquele climão. A pergunta que fica é: quanto tempo a gente tem que respeitar até voltarem as putarias?

Sempre tem um desavisado que não ouviu o áudio da morte do pai do cara e já manda uma piroca na sequência. Aí é bom, porque já fica todo mundo liberado.

A gente faz muita merda com o WhatsApp. A gente manda uma mensagem de áudio longa e, depois, o que é que a gente faz? A gente ouve a mensagem toda de novo. Conferir pra quê? Tipo, *Era bem isso que eu queria falar. Sem dúvida*.

Repare que hoje ninguém mais liga para você. E por quê? Porque ligar para a pessoa é quase uma ofensa. A pessoa já atende falando:

— *Porra! Você ligou!*

Hoje, você só liga para alguém só se for uma coisa de extrema emergência, alguma coisa muito grave. O toque do celular deveria ser a vinheta do plantão da Globo. Aí você já sabe que é alguma coisa realmente terrível! Do tipo: *seu pacote de dados acabou.*

Ou, então, que morreu alguém da família. Eu perguntei pra minha tia *como foi que o tio morreu?* E eu só ouvi a respiração do Darth Vader. E apareceu na tela *visto pela última vez.*

Os amigos não têm hora para mandar WhatsApp, né? Amigo que é amigo não tem noção. Às vezes você está dormindo com sua mulher, a luz já está apagada e daqui pouco você só ouve o som o celular vibrando no criado-mudo. E aí aquele clarão ilumina todo o quarto. Parece uma mensagem do além. Tem a ver com o além, porque a morte está ali do seu lado.

E sua mulher vem, com aquela voz do capeta, e te pergunta:

— *Não vai ver a mensagem?*

Você entra em pânico. É um puta momento de indecisão: ou você mata a sua curiosidade ou você acaba com a sua vida.

Toda mulher olha o WhatsApp da gente. Você pode até achar que a sua não olha. Mas, em algum momento, você vai tomar banho.

Outro dia, eu estava vendo essas lojinhas de acessório, e tem marca fazendo capinha de celular à prova d'água. Claro que ninguém vai mergulhar com o celular na piscina. Aquilo é só para você tomar banho seguro.

O WhatsApp tem vários recursos. Por exemplo, você pode mandar mensagens e já apagar logo em seguida. Ou seja, você manda a mensagem e já apaga a mensagem. Dá para enganar a menina nos nudes. Tipo troca de reféns:

— *Olha a piroca... não tem mais piroca!*

— *Olha a rola... cadê a rola?!*

A menina pensa:

— *Será que eu vi uma rola? Não... O Diogo não mandaria uma rola.... Mandaria? Não mandaria!*

É tipo uma piroca Jequiti que tem aqueles anúncios que piscam do nada uma foto do perfume por um décimo de segundo. A pessoa vai sonhar com a sua piroca, sem nem saber se você mandou mesmo. Isso é bom.

****

Uma das maiores merdas que eu já vi no WhatsApp é o status do WhatsApp. Você já teve curiosidade de clicar lá para ver? Só tem gente estranha naquele negócio. As pessoas que você vê ali não têm o menor status. É tipo a Série C dos stories.

Se for fazer uma comparação é assim: o cara viaja para Cancún, faz stories no Instagram. Vai pra Osasco, faz status no WhatsApp.

E a função de autocompletar as palavras? Outro dia, a minha filha ia fazer uma apresentação na escola e me colocaram no grupo das mães no WhatsApp. E eu quis me enturmar sobre a apresentação e falei:

— *Eu, como pai, fico muito feliz.*

E saiu:

— *Eu, como PAU, fico muito feliz.*

Foi nesse dia que me colocaram naquele grupo do São Paulo.

Quando você não quer mais falar e está com preguiça de digitar, você manda emojis. Só que você nunca acha o emoji que você quer na hora. Aí você manda qualquer emoji, que muda totalmente o sentido do que você queria falar.

Esses dias a minha mãe falou alguma coisa do tipo assim: *filho, vai com Deus.* E eu queria fazer aquelas mãozinhas juntas, tipo amém. Só que eu mandei o emoji de dedo do meio. Nesse dia, me tiraram do grupo da família. Era o que eu queria desde o começo.

FUMANTES

Dia 31 de maio é o Dia da Luta Contra o Tabagismo. E todo fumante fica meio com vergonha de dizer que fuma. Quando você conta que fuma, a outra pessoa já te interroga: *por quê!?*

O fumante é discriminado, mas o maconheiro pode falar que fuma, tranquilo. Tem até um certo orgulho. Porque maconha está de boa hoje em dia. Mas ninguém quer saber do fumante. Ele está sempre tossindo, Isso quando ele está vivo...

O maior inimigo do fumante não é a nicotina, é o fumante passivo. É aquele cara que reclama. Mas se ele fosse passivo de verdade, não reclamaria.

Quem é o fumante passivo? É aquele cara que chega para você e fala assim:

— *Seu cigarro aí tá me incomodando.*

E o fumante responde:

— *Ele está me matando e eu não estou falando nada.*

Até o maconheiro repreende o fumante:

— *Êe, isso aí te faz mal.*

— *É mesmo, cara? Que tipo de mal?*

— *Não lembro.*

O cigarro, para o fumante, é uma maneira de resolver problemas. Pelo menos é o que o fumante acha. Na verdade, ele destrói o seu cérebro enquanto o problema se resolve sozinho.

O problema é que o fumante começa a usar o cigarro como uma forma de evitar problemas:

— A minha sogra vai vir pra cá, preciso de um cigarro.

— Esqueci meu Facebook aberto, vou aproveitar pra fumar um cigarro.

— A minha casa tá pegando fogo, acho que vou acender um cigarro.

O fumante é induzido pela propaganda de cigarro. Ele pega a carteira de cigarro e lê: *Este produto contém 4.700 substâncias tóxicas.* Por R$ 4,50, não é uma pechincha?

Aí vem o Ministério da Saúde e faz campanhas para alertar a população. Mostra uma foto, com o título: *Isso aqui é o pulmão de um fumante.* E todo mundo: *uuui, que nojo*. E agora o pulmão de um não fumante, todo mundo também fala: *uuui, que nojo*. Pulmão é nojento, ninguém quer ver pulmão.

Todo mundo se acha no direito de falar que cigarro é ruim. Depende do ponto de vista. Por exemplo, na cadeia ele é moeda de troca e pode salvar seu cu. Se você está preso, o seu pulmão é a última coisa que você quer que fique rosinha.

A área de fumante é onde o fumante pode se socializar sem ser recriminado. Afinal, todo mundo ali fuma, ninguém vai te recriminar. Então você está ali de boa e, de repente, vem uma gata e pergunta com aquela voz sensual:

— *Tem um cigarro?*

Se você fuma, você foi aceito: é o teu momento. Se você não fuma, você vai fazer aquela cara de cu e dizer:

— *Eu não, cigarro dá câncer.*

Aí do nada aparece um cara com um isqueiro e leva ela para casa. Mas você desdenha com convicção:

— *Foda-se. Eles que fiquem fodendo a noite inteira com aqueles dentes amarelos. Quero que eles se fodam, esse produto contém 4.700 substâncias tóxicas. Tomara que broxe.*

Mas o cigarro tem as vantagens, né? Acho que a indústria do cigarro é a única que mata o cliente de satisfação.

MACONHA

Maconha agora tá em alta. E nada contra os maconheiros, porque sei que tenho muitos fãs que fumam maconha. Eu só não lembro quem são.

Aliás, eu dou até uma dica para quem tem curiosidade de experimentar: dá fome. Como é que eu sei? Uma vez, eu fumei metade do baseado comi a outra.

Agora existe a maconha medicinal. Isso quer dizer que a maconha está sendo usada como remédio. Ela só pode ser vendida para essas pessoas. É como se a maconha só não pudesse ser vendida para quem gosta de maconha.

Eu admiro o maconheiro, porque ele não é um simples cara que vai lá e acende um cigarro. Não, maconheiro tem que ter todo tem que ter todo um ritual. Para começar, ele tem o kit maconha: tem que ter o isqueiro, o pilão, o dichavador, a seda, o colírio... Ele reúne todo aquele arsenal e, no final, esquece o principal, que é a maconha.

Maconheiro que é maconheiro sempre deixa a ponta da maconha em algum lugar, que depois ele não lembra. E, por mais que procure, quem acha aquela ponta é um outro maconheiro. Eu acho que é isso que define a maconha: ela é uma corrente entre maconheiros, que um vai achando a ponta do outro.

E tem os clichês que todo mundo fala sobre maconheiro:

— Ah, todo maconheiro é meio preguiçoso.

Mentira! Você já viu o trabalho que dá para fumar uma ponta? O cara queima o dedo, pega um grampo de cabelo, se entorta todo, só pra não perder a ponta da maconha.

Hoje em dia existe a Universidade da Maconha nos Estados Unidos. Tá aí uma faculdade fácil de ficar para dependência. Qual tipo de pergunta que o professor faz na Universidade da Maconha?

— *Tem um aí?*

Imagine o professor corrigindo a prova:

— *Putz, essa prova tá uma droga, nota 10.*

Imagine o professor experimentando todas as maconhas que os alunos plantaram, para saber qual é a melhor. Em que estado vai estar esse professor para julgar a galera? Acho que ele vai olhar e falar:

— *Humm, tudo boooom. Vou aprovar todo mundo, mas eu vou ficar em recuperação.*

Todo maconheiro vê coisas. Uma vez eu estava com um amigo muito maconheiro. A gente parou no semáforo e, de repente, ele falou:

— *Caralho! Você viu aquilo?!*

E eu respondi:

— Vi, mudou de vermelho para verde.

ORGULHO GAY

Tem uma data que eu acho muito interessante, que é o Dia do Orgulho Gay. É legal essa coisa da afirmação, de combater o preconceito. Eu mesmo já entrei sem querer na *parada gay*. Pela terceira vez.

Não é muito doido que a *parada gay* tá cada vez maior sendo que eles não reproduzem? Isso nem é uma piada, é mais pra você pensar, depois que fechar o livro.

Você viu que a Daniela Mercury virou uma musa da *parada gay*? Fiquei pensando, ela demorou um tempão para sair do armário. Aí pensei: baiana, normal. E como boa baiana, adora pimenta, diz que a preferida dela é a dedo de moça.

****

Todo homem, por mais macho que seja, tem os seus momentos gays. Por exemplo, a sua mulher chega para você e fala:

— Amor, conserta a TV.

Nessa hora você responde:

— Caramba, preciso de um "homi".

São coisinhas que a gente não tem como escapar. Por exemplo, tem algumas brincadeiras que você acha que são de macho, como o truco. Um xinga o outro o tempo todo: *truco, seis, vagabundo!* Isso tudo parece uma coisa muito hétero, mas na verdade é gay. Pensa comigo: o que você precisa para jogar truco? Primeira coisa: um parceiro. E só dá pra jogar de quatro. E os sinaizinhos que a gente faz durante o jogo? Piscadinha, coçadinha no bigode... E isso fica só entre você e o teu parceiro, ninguém mais pode saber. É uma coisa nossa... Tem até um sinal que é passar a língua nos lábios.

CRENÇAS

Minha mãe não aprova as piadas que eu faço, porque ela é muito religiosa. Minha mãe já comeu tanta hóstia que ela está com osteoporose.

Ela gosta que eu vá à missa com ela. E eu acho muito importante, claro, cada um tem que ter sua fé, e eu vou à missa com ela. Mas eu confesso que não sou dos mais assíduos. Eu nunca fui à igreja confessar, mas para você eu estou confessando aqui, neste momento: eu não sou aquele cara que vou sempre à missa. Eu sou uma espécie de turista de missa. Então eu não sei exatamente todas as coisas que fazem parte do ritual da missa.

Por exemplo, a hora de levantar e a hora de ajoelhar. Eu começo a colar do coleguinha do lado. Você já deve ter feito isso. É horrível, né? Porque você nunca sabe exatamente o que fazer.

Às vezes o padre fala:

— *Cordeiro de Deus, tiraste o pecado do mundo.*

E todo mundo responde:

— *Tende piedade de nós.*

E a missa segue:

— *Cordeiro de Deus, tiraste o pecado do mundo.*

Aí você se empolga e fala bem alto, para mostrar que está participando:

— *Tende piedade de nós.*

Foi só você respondendo aquilo, enquanto todo mundo falava:

— *Dai-nos a paz.*

E você não sabe onde enfiar a cara. Isso é uma pegadinha do padre pra pegar quem não tem ido na missa... ele observa a fila dos fiéis pra receber o corpo de Cristo... Epa... corta a hóstia daquele ali... nem colocou dinheiro na caixinha ... vai queimar no inferno!

****

Cada um tem as suas crenças. Tem gente que é supersticiosa. Por exemplo, teve uma garota na balada que nem queria saber meu nome. Ela só perguntou:

— *Meu, de qual signo você é? Fala, meu, qual signo você é?*

E eu falei:

— *Cara, sou peixes.*

— *Ah, fala sério, meu. Você tem tudo de touro, você é total touro.*

Eu só pensei: *será que fui corno?* Qual o critério para a mulher falar que eu tenho cara de um signo ou de outro? Aí era a minha vez:

— *O que você faz?*

— *Eu sou arquiteta.*

— *Ah, fala sério! Você tem tudo de puta. Você é total puta.*

Eu não acredito em superstição, acho que dá azar. Pessoal fala que gato preto dá azar. Mas ele pode achar a mesma coisa da gente. Pé de coelho dá sorte? Bom, não deu para o coelho.

****

Esses dias eu recebi um panfleto na rua, onde estava escrito *"trago a pessoa amada em 48 horas"*. Passaram dois dias, minha mãe se mudou lá para casa.

Tem aquelas mulheres que jogam búzios. Aí você vai lá, gasta uma grana e se arrisca a descobrir alguma praga que você não precisava saber.

Outro dia, eu liguei para uma vidente para saber do futuro. Liguei, ela atendeu e perguntou:

— *Quem fala?*

Eu pensei "você não sabe porra nenhuma..." e desliguei na cara dela.

DIA DA MULHER

Eu considero o Dia da Mulher um dia muito especial. Mas confesso que eu tenho um pouquinho de receio com essa coisa de falar o "Dia da Mulher". Eu nunca não sei se a mulher vai gostar ou ficar meios brava, afinal dá a impressão de que todos os outros dias são dos homens, né?

Aliás, o dia que eu acho que devia ser considerado o Dia da Mulher é a TPM. Porque aquele dia é exclusivamente delas. E ai de quem não concordar.

As mulheres estão tomando conta de tudo. É ou não é?! Já tivemos uma presidente que era mulher. Quer dizer, médio... Se ela passar na frente de uma obra eu acho que ela é quem mexe com o pedreiro. E ele ainda fala:

— Ih, fodeu, mano.

Tem umas palavras que eu até invejo, que é só de mulheres, como "clitóris". Caralho, eu até hoje não sei se isso chama clítoris ou clitóris. É uma dúvida que eu tenho. Eu prefiro "clítoris". Não parece o último lançamento de um carro? *Novo Clítoris. Agora com ejaculação eletrônica.*

Mulher tem uma parada chamada ponto G... Onde fica esta merda? Nem ela sabe, mas quer que a gente descubra. Onde fica o ponto G? Será que é G de Google? Quem sabe lá eu acho? Para o homem procurar o ponto G numa mulher, é como tentar achar a pontinha da fita durex: *eu sei que tá por ali...*

Mas chega uma hora que eu desisto. Ou pode ser G de GPS: *siga pela Avenida da Vagina e cruze com a Vulva Expressa. Plim, você adentrou o cu. Recalculando a rota.*

DIA DO HOMEM

Sabe o que se comemora no dia 15 de julho? Dia do Homem. Puta data para comemorar, hein? O Dia do Homem é tão ruim que deveria cair todo ano em uma segunda. Para começar, homem que é homem não lembra data.

Na verdade, homem que é homem não lembra de porra nenhuma. Por isso que o futebol é precisa do replay, porque ele não lembra o que ele acabou de ver.

Vamos falar sério, o homem nunca vai ficar puto se você esquecer o Dia do Homem. Ah, esqueceu o Dia do Homem? Ok, espera vir o Dia das Crianças, leva ele no puteiro, que ele vira criança. Resolvido.

Homem é tão idiota, que faz coisas absurdas. Por exemplo, homem adora ficar se gabando. Homem mede o pinto. Se você é homem e está lendo este livro, está pensando agora: *É verdade, já medi...*

Homem mede o pinto pra se exibir pros amigos:

— Ah, medi o pau, eu sou foda. Se eu quiser, eu posso tocar vocês daqui.

O homem quer ficar livre, vendo os gols do time dele. E agora dá para fazer isso pelo celular. Eu acho que se o iPhone tivesse um aplicativo "buceta", o homem nem casava mais.

Tem o homem rã. Conhece o homem rã? Você fala com ele:

— *Conhece a Soninha?*

E ele responde, com a maior cara de canalha, emitindo este som como se fosse um canto da vitória:

— *A Soninha? Rã...*

FINADOS

Sabe o que eu acho muito louco?! Às vezes você está em um casamento e, de repente, escuta alguém falando:

— *Quem vai ser o próximo?*

Já reparou que você nunca escuta isso em um velório?

Eu acho interessante que a gente chama o dia 2 de novembro de "Feriado de Dia de Finados". Estranho ser feriado, porque o homenageado mesmo não pode comemorar.

Mas toda data tem seu símbolo. A Páscoa tem o coelhinho. O Natal tem o Papai Noel. E Finados tem a Sônia Abrão.

****

Se você analisar a vida, é a gente passando o tempo todo fazendo uma manutenção, para tentar não morrer. Só comer coisa saudável. Não beber. Parar de fumar. Já eu tenho medo de parar de beber, parar de fumar, só comer coisa saudável e morrer mesmo assim.

Acho que, quando morre, a gente vê as coisas. Imagina você morrendo e, nessa hora, vendo os seus amigos no bar: todo mundo fumando, bebendo e comendo gordura. E você nessa hora só pensando:

— *Filhos da puta.*

Quando eu morrer, eu quero saber por que eu morri. Eu quero ver os médicos examinando ali, falando:

— *Comeu gordura pra caralho. Olha, o que esse maluco comeu de manteiga... não tirou nem da embalagem.*

A morte, se você analisar friamente e refletir, é uma coisa que acaba com a vida da pessoa.

Eu respeito o Dia de Finados, inclusive, eu tenho na minha família entes queridos que já se foram. Meu pai, por exemplo. Não, ele não morreu, ele só fugiu de casa.

Mas é foda quando alguém morre e um parente vai lá no Facebook e coloca "luto". Você nunca sabe se curte. Vai parecer que você gostou que a pessoa morreu. Eu tenho medo de curtir e depois, sei lá, o cara vem me cutucar.

O cara morre, mas o perfil dele fica lá pra vida. Porque ninguém tem a senha. E no último post da pessoa tá a foto do cara fazendo joinha com a mão. E na legenda: "Partiu".

Tem alguns clichês que as pessoas falam. São frases feitas do tipo: "para morrer, basta estar vivo". Nem sempre... Veja a minha sogra... Ela tá velha e meio esquecida. Tá esquecendo de morrer.

Morrer hoje está moderno, tem cemitério vertical. Imagina que louco: *Pra você que não tem onde cair morto, vai ficar de pé por toda a eternidade.*

****

Tem alguns mitos do tipo enterro de anão. Nunca ninguém viu enterro de anão. Pra tirar a dúvida, eu liguei pra alguns amigos anões que também são comediantes e perguntei:

— *Vocês já viram enterro de anão?*

Eles responderam que não. Nem eles viram! Aí eu comecei a realmente achar que isso era verdade. Na ocasião eu estava assistindo a uma série da HBO, chamada *Game of Thrones* — uma série incrível, com muita ação, morte e teta! Uma boa receita pra prender a audiência.

Na série, um dos protagonistas é um anão. Não quero dar spoiler, mas os personagens de quem você mais gosta acabam morrendo, você até fica um pouco revoltado. No final todo mundo morre... menos o anão!

Eu cheguei à conclusão, então, de que pode ser verdade! *Game of Thrones* vem pra reforçar esta teoria.

Reparem: não ouvi nem um caso de Covid em anão. Faz sentido, ficou comprovado que o coronavírus contaminava os velhos, mas não as crianças. Eu imagino o vírus chegando no anão e pensando: *Eita, porra!* O anão confunde o vírus e faz com que ele vá pra uma vítima mais fácil.

Se a empresa funerária sabe que não existe muito enterro de anão, eles acabam não investindo muito nisso. Eles sabem que é um negócio que não é rentável. Por isso, deve ser foda pro anão morrer: não tem um caixão específico pra ele. Aí ele morre e colocam ele em um caixão normal. Ele fica quietinho igual ao último Tic-Tac dentro da caixinha. Aí, imagina o velório. O anão cheio de hematomas:

— Foi acidente?

— Não, só o caixão mesmo. Ficou batendo e tal...

O que daria para fazer é otimizar: espera uns dois anões morrerem e coloca no mesmo caixão. O único inconveniente é que, na hora de carregar, ia parecer um chocalho.

****

Você decide em vida o que você quer que façam com seu cadáver. Você pode escolher ser cremado, você pode escolher ser embalsamado, você pode escolher ser enterrado. Mas a maneira mais comum, que as pessoas andam escolhendo muito, se chama casamento.

Em todo velório você escuta a mesma coisa, porque ninguém sabe bem o que falar. Nada vai confortar o amigo ou o parente que está lá. Você sempre vai ouvir coisas do tipo:

— Ele foi para um lugar melhor.

Ele morava em Osasco. Se ele for pro inferno, já é um lugar melhor.

E não importa quem seja a pessoa, nessa hora ela é a melhor pessoa do mundo:

— Tadinho, nunca fez mal a ninguém.

Porra, é o enterro de um serial killer.

— Tadinho, morreu e deixou dois filhos.

— Que bom, né? Queria enterrar os filhos junto? Deixa o cara morto.

PAPA

Eu sempre achei muito interessante não só o fato de termos um papa argentino: o que mais me impressionou de verdade foi um argentino aceitar ficar abaixo de Deus.

O Papa Chico é um papa bacana. Primeiro que Papa Chico não é bem nome de papa, é nome de brother. Então ele é da humildade.

Depois, ele não quis o papamóvel, pegou um carro normal. Ele é o tipo de cara que você encontra no metrô. Imagine o papa no metrô:

— *Eu podia estar rezando, eu podia estar molestando uma criança...*

Ele não aceitou, por exemplo, usar colete à prova de bala. O Papa Bento usava, ele não. Mas pensando bem... um papa usar colete à prova de bala? Para quê? Se o papa morrer, ele vai para o céu. Se mesmo assim ele se caga de medo, imagine nós.

PROFISSÕES

Você pode reparar: quando o assunto é profissão, todo mundo fala o que você tem que fazer. Geralmente, você tem que fazer o que a sua família fez:

— Ah, o seu avô era engenheiro. Você também tem que ser engenheiro.

Minha mãe falava para mim:

— Todos os meus amigos seguiram os passos dos pais...

— Mas, mãe, o pai fugiu de casa faz cinco anos. Nem o oficial de justiça achou ele. Como eu vou seguir meu pai?

Por exemplo, médico. Todo mundo quer ser médico. É uma profissão muito foda, claro. Pode chegar para qualquer pessoa e dizer:

— Tira a roupa. Foda-se, eu sou médico.

Agora, ninguém quer ser lixeiro, né? Lixeiro ganha mal, médico ganha bem. Quer dizer, depende. Nos Estados Unidos o lixeiro ganha melhor que o médico... Cubano.

A minha mãe falava pra mim:

— Você tem que saber o que você quer fazer da vida.

— Ué, eu quero ser rico.

— Pra ser rico tem que trabalhar.

— Pô, mas se eu tiver que trabalhar eu não vou ter tempo pra ganhar dinheiro.

Eu nunca vi um rico trabalhar. Os caras estão sempre muito ocupados com umas gostosas no barco. Às vezes eu fico pensando: por que as profissões têm valores diferentes? Quem foi que deu o valor para cada profissão?

Por exemplo, um piloto de Fórmula 1. O que esse cara faz? Ele vai pilotar em uma pista, vai dar pau de carro. Não vai ter nenhum radar para filmar as cagadas dele. Se bater, foda-se, é mais legal ainda. E vai estar sempre cheio de gostosas em volta dele.

— Uau... que foda. Quanto nós vamos pagar pra esse cara?

— Ah, vamos pagar aí uns 400 mil...

— Por ano?

— Não, por mês.

Agora você pega o motorista de ônibus, que também é um piloto. Essa é a vida dele, ele vai ficar pilotando o dia inteiro, só que vai pilotar um ônibus. Esse cara vai se foder. Ele vai ficar o dia todo no trânsito e chegar em casa sempre estressado, porque uma velhinha brigou com ele. Esse cara vai tomar multa. Aliás, se ele bater o ônibus, vão descontar do salário dele.

— Quanto nós vamos pagar pra esse cara?

— Ah, uns 40 mil.

— Por mês?

— Não, por ano.

Às vezes, a impressão que eu tenho é de que o cara que criou o critério dos valores das profissões faltou na entrevista de emprego. Porque ele nunca é justo.

Não precisa ir tão longe, pense em um policial. Esse cara coloca a vida dele em risco todo dia, sobe o morro, troca tiro com bandido e tem grandes chances de morrer no tiroteio. Mas então, num ato heroico, ele vai lá e "Pá!", acerta o marginal.

O que acontece com ele? Esse cara ganha um prêmio? Um troféu? Não, ele ganha um processo. Aí vêm os direitos humanos: *o policial deveria ter pensado duas vezes antes de executar o disparo.*

O que é muito comum, né? Você está no meio do tiroteio, cara a cara com o bandido:

—Ah, cara, quer saber? Vou pensar duas vezes...

De repente "Pá!". O policial acerta o bandido. Daí ele pensa:

— Ai, caralho... não devia ter atirado.

É isso que acontece com o policial. Agora você pega um bandido, o cara é um marginal, criminoso mesmo. O cara só roubou a vida inteira. E o que acontece com ele? Vira presidente do Senado.

AVÓS

Eu já passei dos 55 e tenho uma filha adolescente. Ou seja, eu demorei pra ter filhos, faça as contas. A primeira palavrinha da minha filha, quando eu peguei ela, foi olhar pra mim e dizer:

— *Vovô!!!*

Sei lá, tem as vantagens, né? Daqui a pouco os dois vão poder pagar meia. Quando formos comprar fraldas.

Mas, falando nisso, existe o Dia dos Avós. Sim, 26 de julho é Dia dos Avós. A gente quase não se lembra das avós, né? Deve ser por isso que tem um dia para fazer a gente lembrar, na marra. E o que você dá de presente para uma pessoa que tem tudo? Artrite, artrose...

É até maldade falar assim das avós, porque toda avó é boazinha. Não tem como tirar minha avó do sério. Acho que o único jeito de deixar a velhinha nervosa é se eu gritar "bingo" antes dela.

Minha avó é viciada em bingo. Só tem uma coisa em que ela é mais viciada do que bingo, acho que é a Tele Sena. Desde que eu me conheço por gente, eu vejo a minha avó comprando a porra da Tele Sena. O Silvio Santos morreu e ela continua comprando. Eu acho que se ela ganhar o prêmio não vai pagar o tanto que ela já investiu na Tele Sena.

Tele Sena é um título de capitalização. Mas quem tá capitalizando até agora é só a família do Silvio Santos. Mas minha avó continua comprando. Outro dia eu perguntei:

— *Vó, pra que tanta Tele Sena?*

— *Ah, se eu ganhar tudo vai mudar.*

— *Mas vai mudar o quê!?*

— *Ah, eu vou poder comprar bem mais Tele Senas.*

Como toda avó, a minha está velhinha e também bem esquecidinha. Ela está se esquecendo até de morrer. Eu levo a minha avó ao médico e não é mais um check-up, é um check-out.

Uma vez o médico olhou pra ela e perguntou:

— *A senhora sofre de gases?*

— *É meu único prazer.*

Ela está velha, esquecida, mora em um asilo… E asilo não é um lugar bacana. Eu sei porque moro com ela e odeio aquele asilo.

Minha avó é daquelas velhinhas que têm grupo de WhatsApp. E é só sacanagem no grupo. Negão do WhatsApp, piroca do Paulo Zulu… Aquele grupo devia chamar Telfunken: só tem velha e sem controle.

Imagine aquele monte de velha falando merda. O grupo começou com dez velhas, agora tem cinco. As velhas vão morrendo. Era o grupo da cacheta, daqui a pouco vai ser do resta um.

Toda avó tem um chá infalível pra você ficar bem. Você está gripado: *Ó, um chazinho de laranja*. Está com dor de estômago: *Toma esse chá de boldo*. Está com dor de garganta: *Tem chazinho de hortelã*. Esses dias ela tava mal e eu dei um chá pra ela. De cogumelo. A velha ficou doida. Comprou três Tele Senas.

PATERNIDADE

Mas vamos voltar a falar da minha filha. Eu já sabia que era menina desde o comecinho da gravidez. Não pelo exame do ultrassom, mas porque ela nunca estava chutando. Estava sempre passando a mãozinha assim de lado, como se estivesse passando um cartão de crédito sabe? Eu falei "é menina!"...

Mas eu estou feliz porque puxou o pai. Ainda bem. Se saísse com a minha cara, aí seria muita sacanagem! Coitada.

Mas ela é muito parecida comigo. A gente faz as mesmas coisas — ela passa a maior parte do tempo dormindo e mamando no peito da mãe!

Agora, criança dá trabalho, viu? Para você ter uma ideia, hoje mesmo a babá eletrônica pediu demissão. Falou: *pra mim chega!*

Minha mulher fica falando coisa do tipo:

— Caramba, eu tô aqui cheia de leite e essa menina não mama direito... coloca a boca aqui e ali... e nada.

Eu respondi:

— Vai ver puxou você. Tá com nojinho!

Às vezes a neném vinha mamar no meu peito achando que era a mãe. E eu não culpo ela, porque acho que tenho mais peito que a mãe...

****

Quando a sua mulher está grávida, transar vira uma coisa difícil pro casal. Por exemplo, aquela posição papai-mamãe não faz sentido, porque é a única que você não consegue fazer quando ela tá com aquele barrigão. Tipo, você não sabe se está transando ou se está fazendo aquele alongamento com bola na academia, saca? O sexo durante a gravidez lembra muito aquelas lutas de vale-tudo: enquanto estão os dois em pé, até que rola numa boa, mas se deixar ela te levar pro chão, meu amigo... fudeu.

Mas você fica paranoico. Antes de o nenê nascer, eu pensava em mil coisas... Porque tem umas crianças bonitas, mas tem umas feias pra cacete também, né? Nunca te aconteceu de alguém vir apresentar a criança e falar:

— *Olha aqui meu bebê.*

Aí você fala:

— *Puta que pariu!*

Às vezes são gêmeos:

— *Puta que pariu! Puta que pariu!*

E a gente fica na noia: *será que ela vai ter um problema hereditário?* Mas, graças a Deus, quando ela nasceu eu logo vi que ela era perfeita e não tinha nenhum problema hereditário. Pelo contrário, ela tinha muito cabelo.

Dizem que filhos fazem a gente perder os cabelos. Então eu devo ter muitos filhos perdidos por aí...

Quando eu estava para ser pai, todo mundo falava:

— *Você vai ver... sua vida vai mudar.*

É uma grande mudança, realmente... de fraldas. Você muda fralda o tempo inteiro.

Muitas coisas mudaram antes de ela nascer: minha conta, por exemplo, nunca estava no vermelho. Mas tem um lado legal: você passa a dar importância pra pequenas coisas que antes não dava valor. Talco por exemplo.

Você começa a falar só em fraldas... é um problema. Meus amigos falando que gastaram cem reais na balada. Minha resposta é sempre:

— *Nossa... cinco pacotes de fralda...*

Eu vi que estava ficando paranoico quando fui ao mercado e pedi o troco em fralda. Eu acho que um pai desesperado poderia sequestrar um pediatra e exigir de resgate: *um helicóptero cheio de fraldas. E talco, muito talco.*

****

Quando se é criança, tudo é bonitinho... Por exemplo, eu estava com minha esposa e minha filha. Sem querer, eu soltei um punzinho a média altura. Na hora, minha esposa pensou que tinha sido a neném. E disse:

— *Ai, que bonitinho, a neném fez pum!*

Cara, eu fiquei puto. Há anos eu faço isso e nunca eu recebi nenhum crédito, e a neném estava recebendo todas as glórias por uma coisa minha? Esse era pra ser o momento, porra. Neném é foda: já roubou as minhas tetas, agora vai roubar o peido também?

Aquelas tetas antes eram só minhas, mas agora esqueça, não vou poder mamar ali tão cedo. É como emprestar sua casa de praia para um amigo na temporada: você não ganha nada, e ele ainda te devolve toda zoada.

CARNAVAL

Carnaval. Um monte de gente pulando, fedida, bêbada e fazendo merda. É tipo um comício do Lula.

Sempre tem os caras que são contra carnaval. A turminha que fala:

— Puta dinheiro mal gasto. Bebida, droga, mulher pelada querendo dar para qualquer um...

Porra, é pra isso que eu pago os meus impostos. Pela primeira vez tá valendo a pena.

Mas eu entendo os caras que reclamam. Devem ser casados, iguais a mim. E os amigos parecem que são desavisados, parecem esquecer que você é casado. E eles te ligam do meio da zoeira:

— [Tuts tuts] Cara, vem para cá... [tuts tuts] Tá muito massa... [tuts tuts] A Tininha tá com os peitos de fora. Os caras tão bêbados e as mulher tão louca [tuts tuts].

E você, com sua esposa ao lado, responde:

— Ah, é? Então... É que hoje nós combinamos que vamos assistir aos desfiles pela TV. Você não sabe que lindas que tão as alegorias da Rosas de Ouro. Este ano o tema vai ser índios.

Que merda é essa? Faz cinquenta anos que o tema é sempre índios. Índio, índio... Eu, se eu fosse índio, eu ia ficar puto.

Pensa bem, os caras vieram pra cá, roubaram tudo o que eles tinham e ainda fazem uma festa todo ano para comemorar e jogar na cara deles.

****

E as musiquinhas da Globo? A Globo fez até uma marchinha pra você não fazer xixi na rua durante o carnaval. Olha que fofo. Imagine você no meio do bloco, apurado para mijar. Mas aí você se lembra da marchinha:

— *Putz, aquela musiquinha da Globo é tão legal... Eu vou mijar na calça.*

Agora, em São Paulo, você paga uma multa de quinhentos reais se for pego mijando na rua. Quinhentos reais. Mas olha que legal: em trinta dias você pode recorrer. Onde que é que vai recorrer? Na 2ª vara?

— *Não era o meu pau, era o dele.*

Mas quem é que vai aplicar a multa? Pensa bem a profissão desse cara. Eu fico imaginando o filho do cara que fiscaliza o xixi. No colégio, esse cara vai ser zoado, vai sofrer bullying na certa:

— *Meu pai é médico.*

— *O meu é dentista. E o teu?*

— *O meu é manja-rola.*

O carnaval de São Paulo é muito legal, tem os blocos com nomes bacanas. Por exemplo, tem um que chama "Beleza Rara". Deve ser por isso que no carnaval a maioria tá usando máscara.

Carnaval é assim mesmo, todo mundo fica muito doido. Eu tenho uma amiga que eu apelidei de "Uber Pool", porque ela pega você e teus amigos.

CORRETOR DE IMÓVEIS

Você já precisou procurar um imóvel? Ou precisou alugar um imóvel e precisou de um corretor? Corretor é aquele cara que quer te convencer de que você precisa de uma coisa superimportante para a sua vida, mas que você não sabia disso.

Eu não entendo porra nenhuma dessas linguagens de imóvel. Não sei o que é maquete, planta... Só sei que eu cheguei no prédio, fui até o porteiro e perguntei:

— *Amigo, estou procurando um imóvel aqui neste prédio.*

Ele respondeu:

— *Fala com o rapaz ali que ele vai te mostrar umas plantas.*

E aí eu fiquei meia hora trocando ideia com o jardineiro. Eu juro que eu imaginei que era uma casa na árvore e o meu corretor era o Tarzan.

Corretor é muito doido. Depois que você começa a ter contato com corretores, você entende que ele tem uma linguagem própria. Por exemplo: calça branca. Calça branca é o corretor que está começando e não conseguiu conquistar nenhuma venda ainda. Então, a primeira vez que faz uma venda ele suja a calça. Ou seja, tem cagada envolvida.

Tem também o cliente bulula. O que é cliente bulula: aquele que quer comprar um triplex? Não. O cliente bulula é aquele cara que passa por todas as etapas, enrola, faz o corretor mostrar o imóvel em todos os detalhes e aí não compra. É igual a uma pessoa que você está a fim: você vai buscar lá longe, leva ela ao restaurante, paga um vinho caro e não come.

Foi exatamente o que aconteceu comigo ontem. Puta que pariu, morava longe pra caralho a lazarenta. A mulher não morava na casa do caralho, morava na casa de campo do caralho.

Casa do caralho é um nome interessante. Quem é o corretor da casa do caralho? Eu não sei, mas o vizinho é um saco.

Meu corretor chegou para mim e falou:

— *Esse imóvel aqui é galinha morta.*

— *Pô, eu quero comprar um apartamento, não quero fazer macumba.*

Todo corretor quer te convencer. E para te convencer, ele fala o seguinte:

— *Você pode fazer sem entrada.*

— *Mas sem entrada? Como é que eu vou entrar?*

Ou então:

— *Veja bem, este imóvel é completo.*

Ainda bem... imagina você entrar no banheiro e cair num buraco.

— *Ah, desculpa, esse não tava completo ainda.*

Tem corretor que me falou:

— *Você pode fazer em 420 vezes.*

— É... esse é do Minha Casa, Minha Vida.

Aí que eu entendi o nome: porque você vai deixar sua vida lá. Esse programa deveria se chamar Minha Casa, Minha Vida, a Vida dos Meus Filhos e dos Meus Netos.

O cara morre e continua pagando aquela merda. O que vai estar escrito no túmulo? *Só assim para conquistar o sonho da casa própria.*

****

Repare nos prédios de hoje: modernos, cada vez maiores... Isso porque eles têm tudo: quadra esportiva, quadra poliesportiva, área de lazer, varanda gourmet com churrasqueira... Você olha e pergunta:

— *Como assim varanda gourmet? Qual a diferença?*

— *50 mil reais.*

Se os prédios estão cada vez maiores, os apartamentos estão cada vez menores. O prédio tem uma puta área de lazer, mas os apartamentinhos são divididos em "pequeno", "muito pequeno" e "se peidar explode".

Eu fiquei empolgado, porque o prédio que eu estava vendo era foda, tinha área gourmet e tal... Mas o que falta para começar a negociação? Aprovar o seu cadastro. E esse é o momento mais foda. Os caras tiram um raio x da sua vida. E pode ter certeza: toda vez que vão aprovar seu cadastro, vai ter alguma pendência. Uma prestação da Renner, tipo, de 10 anos atrás. Você nem lembra o que comprou na Renner e tá lá aquela porra. Nem o Rick está mais com o Renner e aquela porra continua lá. Você está condenado a viver eternamente com a prestação pendente da Renner.

Os prédios de hoje têm muita tecnologia envolvida. Por exemplo, não existe mais elevador. Agora é elevador inteligente. Eu vi que era inteligente mesmo, porque eu estava me sentindo um idiota dentro dele. Eu simplesmente digitava o número e não ia. Só depois eu fui saber que você tinha que colocar um cartão para o elevador ir. Aí eu fui lá e coloquei o cartão da Renner. E apareceu: "Você está com uma pendência".

Os prédios estão cada vez mais tecnológicos, principalmente os prédios comerciais. Só pela sua digital, eles ficam sabendo tudo da sua vida. Está tudo lá. Você coloca a sua digital e entra uma gravação do nada:

— Diogo Portugal. Tem herpes genital, gosta de tomar suco de couve e já pensou em dar a bunda.

Brincadeira. Eu não gosto de suco de couve. Eu só tomo porque é bom para herpes genital.

Depois de o corretor me mostrar tudo, dizer que eu podia fazer em 420 vezes a "Minha Casa, Minha Vida", mostrar que tinha varanda gourmet, área de lazer e tudo, eu cheguei pro cara e falei:

— OK, então me diz uma coisa. Esse seu apartamento aí pelo menos ele tem vaga?

— Pro teu carro?

— Não, de porteiro, que eu tô precisando de um emprego fixo pra poder pagar essa porra.

Ele perguntou:

— Você não tem emprego fixo?

— Não.

— E o que você faz?

— Eu sou corretor, porra.

ENEM

Minha mãe sempre me falava:

— *Diogo, se você vacilar, vai acabar atrás das grades.*

E eu juro que eu não sabia que ela estava falando do ENEM.

OK, eu sei que você deve estar pensando que eu já sou velho para fazer ENEM. Mas essa foi a vantagem: eu cheguei atrasado e fiquei fingindo que só estava ali olhando. Peguei uma breja e fiquei ali de boa.

Mas é foda atrasar pro ENEM. Eu fiquei pensando... a última vez que eu me fodi tanto por uma coisa atrasar foi com a menstruação da minha mulher.

Eu lembro muito bem: eu ali com uma grade fechada na minha cara porque uma coisa atrasou... Ah, não, isso foi quando eu não paguei pensão.

São Paulo é um lugar de gente estressada. Todo mundo está sempre apressado para tudo. E, mesmo assim, a pessoa consegue chegar atrasada a uma prova de ENEM. Eu fico pensando na Bahia, onde as coisas já são lentas. Todo mundo lá deve atrasar para o ENEM. Mas não, pelo contrário, lá é mais tranquilo. Por quê? Porque lá o porteiro também é baiano.

O chefe diz que está na hora de fechar e ele responde:

— *Rapaaaz, deixe aí. Vou fechar agora não.*

Teve um ano em que reclamaram muito do tema da redação do ENEM. Disseram que era intolerância religiosa — e este é um tema que eu realmente não entendo. Eu já vi falar de intolerância à lactose, agora religiosa... O cara ouve um Pai-Nosso e fica se coçando? Se comer uma hóstia, vai parar no hospital?

No outro ano, não sei se vocês ouviram falar, mas o tema foi sobre os surdos. Pelo menos não vão ouvir nenhuma reclamação.

E responder à prova de ENEM demora tanto, que teve até o caso de uma mulher que deu à luz durante a prova. E, quando entrou na sala de prova, ela nem estava grávida.

Mas tem uns caras que chegam atrasados de propósito. O cara ficou famoso por chegar atrasado. É Rubinho o nome dele.

Quem se dá bem em prova do ENEM são os ambulantes. Os caras vendem água, churrasquinho... Tinha um que eu vi que chamava: "Churrasquinho de Jeová". Fiquei pensando na propaganda:

— *Esse é bom, eu sou testemunha.*

DESPEDIDA

Bom, pessoal, chegamos ao fim! Até porque é importante saber a hora de parar — às vezes acho que é por essa razão que Deus criou o orgasmo, senão a gente iria morrer ali...

Espero que tenham se divertido! Até o próximo livro!

DVS EDITORA
www.dvseditora.com.br

Impressão e Acabamento | Gráfica Viena
Todo papel desta obra possui certificação FSC® do fabricante.
Produzido conforme melhores práticas de gestão ambiental (ISO 14001)
www.graficaviena.com.br